LE

LIVRE D'OR

DE LA

LIBRE PENSÉE

———◆———

Se trouve au Bureau de la COTE-D'OR

Rue Bassano, 14.

———◆———

AU LECTEUR

Le journal la *Côte-d'Or*, après le *Progrès* et le *Bien Public*, a dit son mot, le 8 janvier dernier, sur la pétition anticléricale de plusieurs habitants d'Ahuy.

Le promoteur de cette pétition serait-il, suivant l'opinion publique, ce conseiller municipal, qui a souvent tenté quelque part, et toujours en vain, d'arriver à quelque chose. Il importe fort peu de le savoir. Mais il faut constater que les premiers signataires, pour obtenir des adhésions, ont le plus souvent caché leur but : nous voudrions savoir, disaient-ils, sur quel nombre d'électeurs nous pouvons compter; on aurait même ajouté les considérants après coup. Par ces procédés cauteleux, il ont montré qu'ils avaient conscience d'agir contre les sentiments de la majorité.

Ceux qui ont signé dans ces conditions ont donné toute

la mesure de leur naïveté. Il est vrai qu'ils ont juré, comme le corbeau de la fable, qu'on ne les y prendrait plus : c'est un peu tard ! Leurs noms s'étalent dans plusieurs journaux ; ils passeront à la postérité, sans qu'aucun d'eux puisse dire : *Madame, tout est perdu, fors l'honneur.*

Sciemment ou non, les 38 justes d'Ahuy, à notre avis, se sont montrés inconséquents, injustes et irréligieux.

Nous ne relèverons pas le lourd et nuageux français des considérants, *les neuf cent et tant*, les croyances *qui poussent*, les prêtres qui ont *béni* le 2 décembre, etc ; ni les erreurs telles que celle-ci : *le Christ défend à ses ministres de faire cause commune avec les anciens privilégiés et les riches ;* ni ces accusations gratuites : *le clergé apporte le trouble dans les familles et dans les états ;* ni cet étrange raisonnement : *beaucoup trouvent les prêtres dangereux pour le pays, donc il est injuste d'obliger tous les citoyens à les subventionner ;* ni cette déduction naturelle : *le Christ ne devait pas aimer les pêcheurs,* puisque la pétition semble dire qu'il était seulement l'ami des justes, etc !!!

Non, l'auteur de ces considérants n'a pas les allures d'un académicien. C'est un déclamateur bourré des phrases de la *Petite république française,* du *Progrès,* etc. Quand on le voit parcourir le monde, faire le recensement de toutes les croyances, *qui se partagent la crédulité humaine,* pour arriver à la suppression du budget de 3 cultes particuliers, on pense à ces paroles d'un grand homme :

> Je me figure un auteur,
> Qui dit : Je chanterai la guerre
> Que firent les Titans au maître du tonnerre.
> C'est promettre beaucoup ; mais qu'en sort-il souvent ?
> Du vent !

Après avoir affirmé sans témoignage que les croyances poussent aujourd'hui même les hommes à s'entre-
tuer, et que les prêtres apportent le trouble dans les familles et dans les états, comment les pétitionnaires n'ont-
ils pas demandé l'abolition de tout culte, la déportation
des divers clergés à Nouméa, et, pour rétablir l'ordre
dans la société, l'ouverture des prisons et des bagnes? Les
prêtres perturbateurs des familles aux yeux de M. Degré,
architecte à Dijon, et de plusieurs autres, qui ne laissent
pas d'offrir parfois l'hospitalité de leur table à des ecclé-
siastiques, parents ou amis!!! Si ce n'est pas un
comble, c'est au moins une grande inconséquence.

Et puis les 38 justes d'Ahuy n'ont peut-être pas remarqué qu'ils allaient pousser l'Etat à commettre la plus cri-
ante injustice envers l'Eglise, et, par suite, participer en
quelque sorte à ce crime. Cependant rien n'est plus vrai.
L'Eglise de France, avant 1789, tout le monde le sait, pos-
sédait légitimement de grands biens, à l'aide desquels
elle entretenait ses ministres, les écoles et soulageait les
pauvres. La révolution se les appropria et les vendit. La
violence ne pourra jamais suppléer un droit, et le pro-
priétaire ne devra jamais être dépossédé sans indemnité
aucune. Le nom qui convient à cet acte de la révolution,
ne peut être que l'odieux nom de vol. Néanmoins, 10 ans
plus tard, le Pape, dans la crainte de bouleverser les for-
tunes privées, par la revendication des biens de l'Eglise,
se concerta avec le gouvernement, et abandonna ses
droits sur ces propriétés, à la condition que l'Etat don-
nerait un traitement convenable au clergé. Cette condition fut acceptée, et dans la suite ce traitement fut appe-
lé budjet des cultes.

La suppression de ce budget ne serait donc que la
spoliation pure et simple de l'Eglise, et la demander se-

rait contribuer à une injustice sacrilége. Ou il faut que l'Etat rende à l'Eglise ses biens, s'il cesse de la subventionner, ou il faut que le budget des cultes soit maintenu, si le gouvernement se refuse à cette restitution.

Vraiment, en voyant les pétitionnaires s'attaquer de la sorte à ce budget, on est tenté de croire qu'ils n'ont pas de charges d'impôts plus lourdes que celle-là. S'ils connaissaient un peu les affaires de leur pays, ils sauraient que le budget des cultes, le moindre de tous les autres, ne dépasse pas 53 millions de francs pour 36 millions de français, c'est-à-dire que chaque Français doit donner pour le culte catholique, protestant et israélite à peu près 1 fr. 47 c. par an. Qu'on supprime au contraire ce budget, et les habitants d'une commune de 400 âmes, qui voudront avoir un prêtre, devront s'imposer une cotisation de 2 fr. 25 au moins, et cette charge augmentera selon que le nombre des habitants sera moindre : voilà le singulier allégement d'impôts que les pétitionnaires demandent pour leurs compatriotes.

Nous pressentons qu'ils vont nous répondre : Il n'y a pas d'injustice à demander que quiconque se servira d'un prêtre, le paiera de ses seuls deniers, et l'on ne peut, sans violer notre liberté de conscience, nous obliger à coopérer à l'entretien d'un clergé, que nous trouvons dangereux pour notre pays.

C'est très-vrai, mais à la condition qu'ils n'imposeront pas les charges de l'instruction gratuite, par exemple, à ceux de leurs compatriotes qui n'ont plus d'enfants en âge de fréquenter l'école, et que quiconque se servira d'un instituteur, le paiera de ses seuls deniers. Il est incontestable que dans un village où cette gratuité absolue est établie, l'enseignement de l'instituteur, qui n'en doit pas moins être payé, se solde en réalité par plusieurs centimes

additionnels, et que, sous ce rapport, chaque contribua-
ble a forcément sa part d'impôts. Mais est-il juste qu'un
vieillard sans famille soit encore soumis à une rétribu-
tion scolaire ? Les pétitionnaires ont bien senti que cette gratuité est une surcharge, et, pour en atténuer l'effet, ils ont eu l'adresse de trouver un moyen sûr : faire
ajouter sans retard le montant du budget des cultes à
celui de l'instruction publique !

Leur raisonnement serait encore vrai, si l'Etat ou plutôt ceux qui l'y poussent n'obligeaient pas les pères à faire une démarche, qui répugne à leur conscience. Un très-
grand nombre en effet ne consentent pas à envoyer leurs
enfants dans ces écoles laïques, où, sous prétexte d'une
neutralité impossible à garder, ils ne recevront pas l'instruction qu'avec leur argent ils ont le droit de recevoir.
Contraindre ces pères, par l'obligation de l'enseignement, à faire élever leurs fils et leurs filles dans des sentiments qu'ils désapprouvent, n'est-ce pas violer ouvertement leur liberté de conscience ?

Si donc les pétitionnaires avaient raison dans leur demande, à leur tour les pères dont la famille a grandi,
ceux qui désirent voir leurs enfants penser comme eux,
les personnes sans famille, appuyés sur la plus vulgaire
équité et sur la liberté de conscience, qui leur est aussi
chère qu'aux autres, auraient aussi raison de solliciter la
suppression du budget de l'instruction gratuite, obligatoire et laïque. Quiconque ne veut pas être tolérant envers son voisin, doit s'attendre à la même intolérance
de la part de celui-ci.

Mais que répondraient les 38 signataires à celui qui
leur dirait : quiconque se servira d'un magistrat, d'un
général, d'un préfet, etc, etc, le paiera de ses seuls deniers ?
que diraient-ils encore à celui qui se sent lésé d'avoir à

donner sa part d'impôts dans les 12 cent mille francs al-
loués au Président de la république, chargé de signer
quelques décrets? dans le traitement élevé des prési-
sidents des deux chambres, ayant à donner la parole aux
orateurs et à sonner quelquefois une clochette? dans les
60 mille francs délivrés à chaque ministre, dont les sous-
secrétaires d'Etat font ordinairement toute la besogne ?
dans l'entretien d'une marine militaire, qui lui paraît
avoir rendu de très-maigres services pendant la guerre
de 1870, et qui n'est occupée maintenant qu'à troubler
les eaux de Toulon, de Cherbourg ou de l'Adriati-
que, etc., etc.?

La raison de justice qu'invoquent les pétitionnaires
contre le budget des cultes, vaudrait également contre les
autres budgets de l'Intérieur, de la guerre, etc. Ce serait
amener une véritable anarchie financière et faire tom-
ber la nation française au niveau des peuples, qui n'ont
aucun commerce avec le monde civilisé : il est étonnant
que ces *justes* ne l'aient pas vu!

Enfin la pétition nous semble avoir un certain cachet
d'impiété mal déguisé sous l'apparence d'une affaire
d'équité.

Les signataires ne demandent pas qu'il n'y ait plus
de curés en France, mais ils n'affirment pas qu'il faut
en entretenir un dans leur commune; ils ne répudient
pas ouvertement la foi de leur enfance, mais ils ne disent pas qu'ils la garderont jusqu'à la fin. Ce qui les of-
fense *dans leurs sentiments patriotiques* (nous ne par-
lons que d'après les termes de leur pétition), c'est une
religion officielle; ils voudraient n'avoir à rétribuer un prêtre que lorsqu'ils useront de son ministère : voilà ce qui
les démasque. S'ils avaient en effet le désir véritable d'y
recourir, n'auraient-ils pas dû préférer le maintien du

budget des cultes et la modeste somme de 1 fr. 47. à la suppression de ce budget et à la somme de 2 fr. 25, peut-être de 5 fr., peut-être de 10 fr., qu'il faudra donner après cette suppression, car, le prêtre malgré son bon vouloir ne vivant pas seulement de l'air qui court, cette somme augmentera nécessairement à mesure que diminuera le nombre de ceux qui recoureront à son ministère ? Et tandis qu'ils regardent le clergé comme un sujet de trouble pour les familles et comme un danger pour le pays, n'autorisent-ils pas à penser qu'ils ne lui demanderont pas ses services ?

Sous les dehors d'une question de justice, ils ont caché une question de religion ; par la revendication de ce qu'ils appellent la liberté de leur conscience, ils ont voulu se mettre à l'aise avec les exigences et les devoirs de leur croyance première.

Les hommes, heureusement, ont des inconséquences salutaires, et tel qui déclame contre le clergé, ne repousse pas son enseignement ni ses prières pour sa famille. Il paraît que les pétitionnaires d'Ahuy sont dans ce cas. On pourrait se demander s'il sont sincères et fidèles aux principes qu'ils viennent d'exposer. Nous aimons mieux penser qu'ils n'ont pas tous vu la portée de leur pétition. Puisqu'ils demandent tous à la religion (et nous ne les en blâmerons jamais) d'inculquer à leurs enfants ces sentiments justes, honnêtes, délicats et généreux, si nécessaires à l'homme qui veut passer en faisant le bien, et dont elle a seule le secret, il faut convenir qu'ils ne lui sont pas aussi hostiles que le porte à croire l'acte qu'ils ont signé.

Connaissant l'esprit versatile des hommes et la puissance des préjugés ou du respect humain sur leur volonté, nous ne nous étonnerons pas que des pères ne

recherchent pas toujours pour eux-mêmes ce qu'ils recherchent pour leurs enfants, et nous resterons con-
vaincu que, s'ils ne se laissaient pas entraîner par une
mauvaise presse qui les égare, et par des politiciens exaltés
qui ne savent pas toujours ce qu'ils veulent ou qui ne
veulent pas toujours ce qu'il faut, ils n'auraient jamais
fait ces démonstrations voltairiennes et anticléricales, qui,
ajoutées aux rares exploits du protestantisme parmi eux,
ont attiré sur leur pays l'attention railleuse du monde
et lui ont mérité la défiance des honnêtes gens.

La plupart, sinon tous, voudraient, dit-on, pouvoir re-
tirer leur signature. Nous le croyons sans peine. Leur honneur y est engagé. Ahuy est une des trois ou quatre
communes de France, qui se sont lancées, sans déguise-
ment, dans cette voie antireligieuse. Rien ne l'y forçait. Si
les paroles s'envolent, d'après le proverbe, les écrits res-
tent. Les moyens de devenir célèbre sont variés : les uns ho-
norent les personnes et les localités, les autres les flétris-
sent pour toujours. La pétition anticléricale d'Ahuy, qui
vivra, est-elle une gloire ? Les signataires ont vu leurs
compatriotes s'élever contre eux, les membres de leur
famille en ont gémi, le *Progrès* lui-même n'a point osé
les louer, la presse conservatrice s'en est amusée, l'opinion publique, des consciences même peu dévotes les
ont désapprouvés et les désapprouvent encore.

Devant ce *tolle* général, il est probable qu'à l'avenir
les pétitionnaires et ceux qui jusqu'ici ont évité le piége
se défieront mieux de ces individus, qui viennent à eux
avec des révérences affectées, une familiarité de mauvais
aloi, et qui ne sont en réalité que des fourbes.

Avant de signer quelque pièce, ils voudront connaître
clairement le but qu'on se propose d'atteindre avec leur
concours, et, quand il s'agira d'une affaire qui, sans être

avantageuse pour personne, engagera leur honneur personnel, celui de leur famille et de leur pays, ils sauront refuser courageusement.

Pour fortifier leur résolution, ils feront bien de garder soigneusement les critiques de la presse qu'a motivées leur pétition, et de les lire quelquefois à leurs enfants. Le présent opuscule, qui répond aux vœux de beaucoup, leur en fournit le moyen; s'il réussit à maintenir quelques personnes dans la voie de la justice et de l'honnêteté, son but sera pleinement rempli.

Le 31 décembre, on lisait ce qui suit dans le *Progrès* de la Côte-d'Or : — UNE PÉTITION ANTICLÉRICALE. — On nous prie de reproduire la pétition suivante, adressée à la Chambre des députés :

Ahuy, le 15 décembre 1880.

Les soussignés,

Considérant que les neuf cent et tant de croyances qui se partagent la crédulité humaine ont souvent poussé les hommes à s'entre-tuer et les poussent encore aujourd'hui :

Considérant que les prêtres d'une de ces croyances se disant chrétiens, font cause commune avec les anciens privilégiés et les riches, contrairement aux principes du Christ qui était l'ami des justes et des pauvres;

Considérant qu'ils apportent le trouble dans les familles et dans les Etats; qu'ils ont fait la *Saint-Barthélemy*, *l'Inquisition, les Dragonnades*, et que, de nos jours, ces prêtres ont favorisé et béni le crime du Deux-Décembre;

Considérant que notre gouvernement républicain ne pourrait, sans forfaiture, rétribuer plus longtemps des hommes qui aspirent encore à ravir au peuple ses droits si chèrement conquis ;

Considérant qu'il est injuste d'obliger tous les citoyens à coopérer à l'entretien d'un clergé que beaucoup considèrent comme dangereux pour le pays, que c'est violer leur liberté de conscience et offenser leurs sentiments patriotiques ;

Demandent :

1· Que le budget des cultes soit supprimé ; quiconque se servira d'un prêtre, le paiera de ses seuls deniers ;

2· Que le montant dudit budget soit ajouté à celui de l'instruction publique.

Ont signé :

MM. François Mongenot, adjoint ; Degré, conseiller municipal ; Ferdinand Chenevoy, conseiller municipal ; Bernard Petitboulanger, conseiller municipal ; Antoine Genty, conseiller municipal ; Alexandre Mongenot, conseiller municipal ; Télard, conseiller municipal ; Félix Carrière, conseiller municipal ; Raviot Pacotte, conseiller municipal.

MM. André Vittu, Pierre Huot, Chenevoy père, Joliet fils, Auguste Vittu, Jean-Marie Michel, Paul Vittu, François Petitboulanger, Picard-Petitboulanger, H. Petitboulanger, Gavignet, Alexandre Munier, Jules Mairet, Joseph Guiller, Breton, Delaborde, Antoine Michel, Souverain, Simon Michel, Alphonse Clerc, Simon Goizet, Mortier fils, Kaiser, Louis Camagny, Antoine Bolot, Pitolet, Cornibert père, Cornibert fils, Henry Michel.

Le 4 janvier 1881, sous ce titre : Le Budget des Cultes, le *Bien Public* disait : — La commune d'Ahuy vient d'attirer sur elle l'attention de l'Europe. Ses conseillers municipaux ont fait publier par le *Progrès* une pétition adressée par eux à la Chambre des députés; — et après l'avoir reproduite, il ajoutait :

« Ce qui nous paraît surtout remarquable dans cette pétition, c'est le jugement porté par les signataires sur les *principes du Christ*, qui était *l'ami des justes et des pauvres.*

Jésus, en effet, aimait les braves gens et les pauvres, même les pauvres d'esprit. *Beati pauperes spiritu*, disait-il aux conseillers municipaux des villages de la Judée.

Ce qui nous étonne un peu, c'est que les justes d'Ahuy, au lieu de demander la suppression du budget des cultes, ne réclament pas la fermeture immédiate des églises, temples, synagogues, mosquées et pagodes, s'il est vrai que les neuf cent et tant de croyances qui se partagent la crédulité humaine ont souvent poussé les hommes à s'entre-tuer et les y poussent encore aujourd'hui.

Rien d'immoral et de barbare comme les religions, d'après les justes d'Ahuy. Par conséquent, il n'y a pas à biaiser, il faut d'urgence et d'autorité, par un simple décret, proclamer l'abolition de toutes les religions.

Malheureusement, notre maître à tous, le signor Gambetta a un plan dans la tête; il veut organiser un clergé national. Les justes d'Ahuy auraient dû avoir vent de ce plan et ne pas se jeter en travers de l'idée que couve l'aigle du Palais-Bourbon.

Que les justes d'Ahuy consultent à ce sujet M. Magnin, et ce grand ministre leur expliquera les vues du *dictateur par persuasion;* il leur fera comprendre la nécessité d'un culte, mais d'un culte facile à pratiquer, même en voyage, même au cabaret. »

Enfin le 8 janvier 1881, la *Côte-d'Or*, reproduisant le titre du *Progrès*, traitait ainsi cette affaire :

« — Tiens, bonsoir, Claude, quel hasard de te voir à Ahuy?

— Mais, mon cher Jules, je viens t'offrir mes souhaits de bonne année.

— En ce cas, entrons donc une minute au café Mairet. On va bien là-bas, chez toi?

— Pas mal, et ici, ta femme et tes enfants?

— Comme à l'ordinaire. — Mais on fait bien du bruit, là, dans le fond, qu'y a-t-il donc de nouveau?

— Ah! si tu savais!

— Quoi donc?

— C'est une honte! — Un scandale est arrivé?

— Oh! je n'ose plus me dire habitant d'Ahuy!

— Mais, quoi donc?

— Tiens, lis cet article du *Progrès de la Côte-d'Or* du 31 décembre 1880!

Je parcours aussitôt les considérants de la pétition anticléricale qu'ont signée 38 hommes d'Ahuy, désignés par leurs noms, et j'ajoute: — Dame! il y a des malins dans ton pays! D'un coup, ils vous balaient églises, temples, synagogues, mosquées, pagodes: car ne faut-il pas fermer sans retard ces antres de fanatisme, puisqu'au dire de tes compatriotes, les 900 et tant de croyances qui se partagent la crédulité humaine, poussent les hommes à s'entre-tuer? — En ce cas, Claude, nos illustres d'Ahuy, au lieu de s'en tenir à la suppression du budget des cultes, veulent donc révolutionner le monde et faire la loi chez les Russes, chez les Chinois, chez les Turcs, etc.? — Pas plus que cela, c'est la conséquence! Seulement, leur jeu est franc. Si ça arrive, les Russes, les Chinois et les autres, qui tiennent à leurs croyances, sauront qu'ils doivent cela à Mongenot, Degré, Félix Carrière, Raviot-Pacotte, Jules Mairet, etc.

— Et leurs noms seront toujours connus?

— Toujours, c'est écrit. Dans cent ans, on dira à leurs petits-fils: ton grand-père, ton grand oncle a signé cela! Quel bon papier de famille!

— Mais, Claude, ne trouves-tu pas que nos illustres signataires, pour savoir si bien que les curés préfèrent les riches aux justes, ont dû les fréquenter?

— C'est naturel; pour connaître quelqu'un, il faut le voir; seulement, ces pauvres d'esprit n'ont pas vu le clergé tel qu'il est, c'est pourquoi ils n'en veulent plus.

— Que tu es simple! n'ont-ils pas reconnu qu'il ne se conforme pas aux principes du Christ?

— Ils l'ont dit, en effet, et votre curé ne doit pas être fier d'avoir des paroissiens qui savent l'Evangile mieux que lui.

— As-tu remarqué la Saint-Barthélemy, l'Inquisition, les Dragonnades dont parlent nos pétitionnaires?

— Oui, et c'est une bonne note pour Ahuy; on dira: « Que de savants en ce pays! »

— Mais, qu'en penserait le monde, s'il savait que l'un d'eux a même eu le talent de signer sans savoir tenir une plume!

— Ici, Jules, jouis-tu de tes droits de citoyens?

— Je crois bien!

— Alors, tiens-les bon, mon vieux; la pétition dit que les prêtres, quoique jouissant déjà des mêmes droits que toi, aspirent à te les ravir; et puis, je croyais, moi, que nos républicains avaient eux-mêmes fait le 4 septembre (un coup plus odieux que le 2 décembre), forcé Bismarck, par leur guerre à outrance, à nous sucer quelques milliards de plus, augmenté nos impôts de 4 ou 500 millions, exposé plusieurs fois la France à une guerre étrangère, en un mot, je croyais qu'ils sont un danger pour le pays; c'est tout le contraire; d'après leur pétition, le vrai danger, c'est votre curé, ce sont ses confrères. Pas bêtes du tout, vos municipaux !

— Seulement, Claude, ce qui a poussé nos signataires, c'est qu'en leur faisant payer un clergé qu'ils trouvent dangereux pour le pays, on viole leur liberté de conscience, on commet une injustice contre eux. — Ici, Jules, entendons-nous. Tu m'as dit que l'école d'Ahuy est gratuite ; gageons d'abord qu'en votant cette gratuité, certains conseillers ont pensé à leur famille ; en tout cas, ils ont obligé les pauvres à payer pour les riches, ceux qui n'ont pas d'enfants pour ceux qui en ont, puisque les charges de l'enseignement pèsent sur tous les contribuables ; et, tandis que vos conseillers déclarent dans leur pétition que quiconque se servira d'un prêtre, le paiera de ses seuls deniers, ils ne trouvent pas juste de déclarer que quiconque se servira d'un instituteur, le paiera de même ! Aussi logiques que ça, tes municipaux !

Autre chose. Dans les écoles récemment retouchées par les députés, nos enfants auront affaire à un maître qui pourra être athée, libre-penseur, puisque la nouvelle loi ne s'occupe plus de sa croyance ; l'enseignement devenant dans quelques mois obligatoire, toi et moi, simples ouvriers, nous devrons envoyer nos enfants dans ces écoles, où la nouvelle loi défend à l'instituteur de parler du catéchisme, de l'Evangile, de Jésus-Christ, où l'on élèvera la jeunesse sans religion, c'est-à-dire contre la religion, et tes municipaux osent dire que notre liberté de conscience n'est pas violée ! Nous devrons payer cet enseignement qui nous déplaît, et ça ne leur paraît pas injuste ! On nous fait même payer (car ce sont nos impôts qui remplissent les caisses de l'Etat) des théâtres à Paris que nous ne pouvons aller fréquenter, et tes municipaux, avec leurs principes, ne trouvent pas cela étrange ! Vraiment, je n'en connais pas de plus malins qu'eux.

— Jules, les conseillers étant ordinairement les plus

fortes têtes du pays, les autres signataires doivent être moins marquants.

— Au contraire, mon vieux ; n'a-t-on pas dit que l'un d'eux, voulant prendre un lièvre au lacet, s'est fait prendre par un geôlier ? qu'un autre, qui n'aime pas son voisin, lui a simplement enfoncé un bout d'épée entre cuir et chair ?

— Mais pas possible, Jules, puisqu'ils disent que les croyances religieuses seules poussent les hommes à s'entre-tuer !

— N'importe, n'a-t-on pas encore affirmé qu'un tel, sans rien dire, d'un coup de canne sec sur la tête, vous a étendu son homme sur le carreau d'un café ? Un tel a parmi ses neveux un curé ; celui-ci ne cale pas devant la plus répugnante gageure ; celui-là ne possède rien en son nom, parce qu'il a trop de créanciers, etc.

— Tu ne me surprends pas ; quand on se tourne contre la religion, on est certainement sujet à caution. Ne pourrais-tu pas, Jules, me montrer quelques-uns de vos matadors municipaux ?

— Ah ! leur chapelle n'est pas ici ; il faudrait aller au café Saussier.

— Eh bien, allons !

La salle est mouvementée, on se passe des journaux, etc.

— Claude, si tu veux marier ton Pierre à Ahuy, ne l'adresse pas à la fille de celui-ci qui jase si haut. Tiens, voilà nos municipaux ! Celui-là est l'avocat du conseil, c'est le futur successeur du président de la Chambre des députés ; on l'appelle déjà Gambetta — Ah ! mais on dirait le diable boiteux ! — Ecoute donc, ce grand jeune qui ne dit rien, vous donne bien un bon coup d'épaule à une croix, va ! Le gros qui boit est le maître d'hôtel des électeurs du parti ; il les réunit dans sa cave, et souvent avec une seule bouteille il vous gagne 3, 4 voix ; c'est surtout celui de gauche qui n'est pas bête; il connaît tout, Voltaire, Jean-Jacques, Diderot, le *Père Duchêne* mieux que son Pater. Avec lui tu n'épuiseras jamais une question; le plus souvent il est à côté. Ah! il y a des secrets dans une semelle! L'un d'eux encore envoie son enfant chez des religieuses, à Dijon, et demande en même temps la suppression du budget des cultes; un autre, enfin, aimerait mieux voir sa femme morte que de n'être pas républicain.

— Dis donc, Jules, tous ces hommes-là doivent être des braves; dans leur pétition ils parlent de leurs sentiments patriotiques.

— En effet, ils ont fêté Voltaire en 1878, et conséquemment, pour faire honneur à leur triste personnage, ils doivent être disposés à dire encore comme lui au roi de Prusse, si jamais il écrase de nouveau nos armées : « Sire, c'est bien ! » En attendant, grâce à nos municipaux, notre pays s'appelle toujours Ahuy-Arouet, comme on dit Gevrey-Chambertin, et nous avons bien fait rire le monde!

— Cependant, Jules, votre maire n'a pas signé.

— Oh! ce n'est pas un mauvais homme: seulement il a pensé que le centenaire de Voltaire suffirait à l'immortaliser, et il laisse ses conseillers courir après la gloire!

— Dis donc plutôt : après la honte! Enfin, ces gens-là n'ont donc pas d'enfants et sont donc des anges pour n'avoir pas besoin de curés ?

— Mais, Claude, puisque, d'après leur pétition, ils ne trouvent pas les prêtres assez dociles aux principes du Christ !

— Non, vraiment, pas bêtes du tout les libre-penseurs d'Ahuy! Aussi, mon cher Jules, je comprends que tu n'oses plus te dire habitant d'ici, et que les honnêtes gens pensent à se donner d'autres municipaux, car enfin nous ne devons pas nommer un conseil pour faire de la politique, pour battre en brèche nos croyances, pour tyranniser ceux qui ne pensent pas comme lui, pour faire rire le monde, mais uniquement pour bien administrer les affaires de la commune. Vos municipaux ne me paraissent pas avoir compris leur devoir ; après cela, si je restais encore ici, je saurais bien pour qui je ne dois pas voter, et par là je croirais réparer en quelque manière l'honneur de ce pays.., Mais, dis donc, l'aiguille tourne tout de même, et il faut repartir. A propos, Jules, m'as-tu raconté ces choses sous le secret?

— Non, tout est certain, tout est connu ; fais-en ce que tu voudras.

— Merci, bonsoir à ta famille, et viens donc me voir bientôt !

Telle est, Monsieur le Rédacteur, la conversation que j'ai eue le 1er janvier dernier avec un vieux camarade d'Ahuy. Elle fait suffisamment connaître la valeur de la pétition anticléricale publiée dans le *Progrès*. Les conseils municipaux d'aujourd'hui se ressemblant beaucoup, elle peut servir à fixer prochainement les électeurs dans leur choix. Vous pourrez en faire l'usage qu'il vous plaira.

Un ancien habitant d'Ahuy.

Nous avons attendu vainement la réfutation de nos dires. Le silence des intéressés confirme la véracité de nos renseignements. L'histoire impartiale doit enregistrer aussi bien ce qui abaisse que ce qui grandit un pays. Pour rester plus sûrement fidèle à l'honneur, la postérité ne saurait ignorer les faits et gestes de ses ancêtres, qui peuvent l'y engager. C'est à ce titre que nous avons rappelé ce qui précède : chronique locale et enseignement : tel a été notre dessein.

Un ancien habitant d'Ahuy.

Le 16 janvier 1881.

Dijon. — Impr. J. Marchand.